Coisas que não Deves Fazer se Queres ser Escritor

Francisco Angulo de Lafuente

Published by Charles Scribner's & Company, 2023.

This is a work of fiction. Similarities to real people, places, or events are entirely coincidental.

COISAS QUE NÃO DEVES FAZER SE QUERES SER ESCRITOR

First edition. September 8, 2023.

ISBN: 979-8223182009

Written by Francisco Angulo de Lafuente.

Sumário

Prólogo

É com grande satisfação que apresentamos ao público brasileiro e português esta nova obra do consagrado escritor espanhol Francisco Angulo, "Coisas que não deves fazer se queres ser escritor".

Angulo é um autor multifacetado, autor de mais de uma dezena de romances abrangendo desde ficção científica e fantasia até suspense e romances históricos. Seu nome já é amplamente conhecido na Espanha e em outros países europeus, mas esta é a primeira vez que uma de suas obras ganha uma edição em português. Certamente será uma grata surpresa para os leitores brasileiros descobrirem este talentoso escritor.

O livro que tenho o privilégio de apresentar é uma coletânea de contos humorísticos em que o autor relata, de forma irônica e bem-humorada, situações absurdas, azares e percalços na vida de um aspirante a escritor.

Cada pequena história é narrada com maestria, inteligência e muito bom humor por Angulo. Por meio de uma prosa envolvente e repleta de ironia, o autor ridiculariza atitudes pretensiosas, desventuras cabulosas e os descaminhos que todo aprendiz de escritor deve evitar.

Angulo escreve com uma leveza e um sarcasmo únicos, transformando situações frustrantes e embaraçosas em narrativas hilárias. Sua habilidade em capturar o lado cômico da vida é surpreendente. Ele consegue provocar o riso em situações nas quais muitos de nós apenas conseguiríamos enxergar motivos para lamentações.

Cada conto funciona como uma pequena fábula, uma lição de vida apresentada com muito bom humor. No entanto, por trás das trapalhadas do narrador, é possível entrever a sabedoria e a sinceridade de um escritor experiente, que deseja apartar futuros colegas de profissão dos equívocos e atalhos fúteis que ele mesmo já cometeu.

É justamente aí que reside o grande mérito desta obra. Por meio do humor e da autocrítica, Francisco Angulo oferece conselhos valiosos e alertas quanto a armadilhas em que todo aspirante a escritor corre o risco de cair.

O livro começa com o conto "Subornando as editoras", no qual o jovem protagonista, desesperado para ver seu romance publicado, decide presentear as editoras com presunto, numa tentativa absurda de "suborná-las" e garantir que seu manuscrito seja lido.

Em "Perseguindo os famosos", o autor narra as desventuras do narrador na sua obstinação em conseguir que celebridades literárias famosas leiam e endossem seu trabalho. Essas investidas, que incluem abordar os escritores em eventos e enviar cópias de seus livros pelo correio, inevitavelmente terminam em vexames.

Já no conto "O livro viajante", testemunhamos os infrutíferos esforços do narrador em fazer seu romance circular aleatoriamente entre estranhos, na esperança de que o "livro viajante" ganhe leitores. A ingenuidade do protagonista só não é maior do que seu azar, que transforma a cada passo esse intento num fiasco atrás do outro.

Em "Ninguém é profeta em sua terra", o autor ironiza a recepção morna que seu trabalho recebe justamente em sua cidade natal, enquanto em outras localidades mais distantes é aclamado. Essa lição sobre a difícil aceitação pelos conterrâneos é narrada de forma tragicômica.

Já o conto "Uma forma diferente de encarar a pirataria" nos apresenta a postura destemida do narrador diante da reprodução ilegal de seus livros na internet. Em vez de lamentar as cópias não autorizadas, o personagem as encara com bom humor e até satisfação, por propiciar que seu trabalho alcance mais leitores.

Esse é apenas uma pequena amostra dos hilários relatos que Francisco Angulo apresenta nesta obra. Ao ler o livro integralmente, o leitor encontrará muitas outras situações divertidas, como as tentativas rustradas do protagonista de impressionar os outros ao se intitular "meio escritor", suas experiências surreais com a idade ao participar de um clube literário de idosos sendo ainda um adolescente, além de outros episódios cômicos derivados da obstinação desajeitada do narrador.

Cada conto pode ser lido individualmente como uma narrativa autocontida. Porém, a obra ganha mais riqueza quando apreciada em sua totalidade, permitindo que o leitor acompanhe a evolução do protagonista ao longo do tempo à medida que amadurece como escritor.

As críticas especializadas também ecoam os méritos desta coletânea de contos do premiado Francisco Angulo:

"Inteligente e muito divertida. Uma sátira bem-humorada sobre o universo literário e seus habitantes excêntricos." - Diário de Notícias

"Uma obra repleta de ironia e comicidade, escrita por alguém que conhece os altos e baixos de seguir a vocação literária. Leitura obrigatória para quem sonha em ser escritor." - Jornal O Tempo

"Uma jóia! Livro fundamental para quem quer entender as armadilhas e os ridículos que permeiam a vida de um aspirante a autor." - Folha de São Paulo

"Divertidíssimo! Angulo prova ser um mestre em transformar situações frustrantes em narrativas hilárias e edificantes." - O Estado de Minas

"Um passeio delicioso pelos descaminhos da carreira literária, narrado com muito bom humor por um escritor que claramente entende do riscado." - Zero Hora

"Uma leitura saborosa e repleta de lições valiosas apresentadas com muita irreverência e humor." - O Globo

"Francisco Angulo confirma mais uma vez seu talento singular em capturar o lado cômico da vida e da literatura. Livro essencial para quem deseja evitar desilusões desnecessárias na carreira de escritor." - Estadão

"Uma obra indispensável tanto para aspirantes a escritor quanto para qualquer amante da literatura com senso de humor." - O Povo

Espero que o leitor aprecie imensamente esta divertida e sábia coletânea de histórias de Francisco Angulo. É uma honra para mim apresentar pela primeira vez ao público brasileiro este autor talentoso cuja perspicácia, humor e visão da natureza humana transparecem intensamente nesta obra.

Desejo a todos uma ótima e divertidíssima leitura!

Things you shouldn't do if you want to be a writer...
...bribe publishers
Here is my friend
giving me advice
to
publish my novel

Capítulo 1

Coisas que não deves fazer se queres ser escritor...
...subornar as editoras

Agora mesmo não me lembro bem quem me comentou sobre impressionar as editoras...

Com a imensa quantidade de manuscritos que recebem diariamente, você pensa que eles vão parar para ler o seu? Você tem que se destacar, você sabe como as coisas funcionam na Espanha...

Na verdade, naquele momento eu estava desesperado e teria seguido o conselho de qualquer maluco. Enviei manuscritos para as editoras desde que terminei meu primeiro romance, quando tinha dezoito ou dezenove anos. Lembro-me que o primeiro rascunho foi datilografado, não o tinha digitalizado e desci com ele para a copiadora.

- Por favor, faça 10 cópias, apenas frente e com furações para pasta suspensa.

Estava tão animado... Procurei no diretório telefônico os endereços das editoras mais importantes, preparei um pacote com cada manuscrito e me apresentei com eles no correio. O envio me custou um rim, mas nem pensei nisso, só pensava na cara de surpresa que os editores fariam quando lessem meu romance.

Todos os dias eu descia e abria a caixa de correio, se não encontrasse sinais de que o carteiro já havia passado, esperava um pouco e descia novamente. Alguns dias eu descia quatro ou cinco vezes, mas nunca recebia nada, tudo o que chegava era propaganda e se encontrava alguma correspondência endereçada a algum familiar não era da minha conta. Muitas vezes saía para a rua para procurar o carteiro, o homem que já me conhecia, assim que me via dizia com um aceno de cabeça que não havia correspondência para mim. Passaram-se mais de três meses e quando já havia perdido o hábito de bisbilhotar as caixas de correio e atormentar os carteiros com minhas perseguições, apareceu um pequeno envelope na caixa de correio, assinado e carimbado por uma editora. Agarrei o envelope nas mãos e não perdi tempo esperando pelo elevador, corri escada acima, sem pensar que morava no nono andar e no terceiro já estava vomitando meus pulmões. Assim que cheguei em casa, tranquei-me no meu quarto e com as mãos trêmulas abri o envelope com cuidado para não danificar o valioso conteúdo. Minha cara ficou arrasada e toda a minha alegria foi por água abaixo quando li aquele aviso:

Lamentamos informar que sua obra não se adapta à nossa linha editorial...

Era só isso, algumas poucas palavras, nem crítica, nem mesmo uma avaliação, apenas o sabor amargo da decepção.

Com o tempo, mais cartas foram chegando, todas com as mesmas palavras, mas eu não desanimava, continuei escrevendo e enviando mais e mais manuscritos com infinitas histórias. Passaram-se cinco, dez e até quinze anos e as cartas com a resposta repetitiva já enchiam mais de uma gaveta. Foi naquele momento, fruto do desespero, que me ocorreu a ideia da impressão.

- Você tem que chamar a atenção: tem gente que envia seus livros encadernados, tem quem os mande estampados ou até perfumados.

Lembro que foi mais ou menos isso que um dos meus amigos e colega escritor me disse.

Já estávamos às vésperas do Natal, e mesmo sendo essa época passávamos tão mal que fazia pelo menos três meses que eu não comia um sanduíche de presunto ou saboreava um bom bife. Mesmo assim, decidi que era mais importante investir minhas últimas economias em comprar presunto, para enviá-lo às editoras como carta de apresentação.

Carta Presunto

Um bom amigo e colega escritor me disse que para chegar a um acordo na Espanha é comum presentear com presunto.

Tentei por todos os meios colocar o presunto dentro do envelope, mas não tinha jeito, então definitivamente optei por enviá-lo fatiado e bem embalado. Nesta carta, anexo a primeira remessa.

P.S.: Temendo que o presunto estragasse, decidi comê-lo.

I know him!
...Stalking the Famous
Run it's gone!
I know him!
I think he hasn't seen me!
tripping and rolling on the floor
!!! ???
Please don't run!
Things Not To Do If You Want To Be A Writer...
Why do you look at me so much?
I think we have not been introduced, are you a writer?
It's a pleasure
Famous writers always have someone with them. There is no way to get in touch and start a conversation...

THE TRAVELING BOOK REACHES NEW DESTINATIONS

Capítulo 2

Coisas que não deves fazer se queres ser escritor...
...Perseguindo os famosos

Temos a tendência de acreditar que alguém famoso pode nos ajudar, e ao vê-lo nos parece familiar, afinal entra com frequência em nossa casa, mesmo que apenas de forma bidimensional -Alguns de vocês podem já ter uma TV 3D-. De uma forma ou de outra, pensei que talvez algum ilustre escritor pudesse me apadrinhar. Cachorros, porcos, vacas e até burros podem ser apadrinhados, então por que não mais um...

Tenho que fazer memória, pois não me lembro bem como tudo começou, acho que o primeiro passo foi enviar meus romances pelo correio: Fernando Sánchez Dragó, Arturo Pérez-Reverte, Federico Moccia, Stephen King... É verdade, enlouqueci. O italiano é quase como o valenciano e os americanos não falam espanhol?

Vocês devem estar pensando "esse cara é maluco", mas não vou colocar nenhum telefone ou endereço aqui, pois são capazes de cometer meu mesmo erro.

Quantos romances eu enviei? Quarenta, cinquenta, talvez cem, não sei, perdi a conta. Mas posso dizer quantas respostas recebi, e para isso vou usar uma frase feita: as respostas podem ser contadas nos dedos de um coto.

Cansado do funesto serviço postal, decidi partir para a ação. Com minha mochila cheia de romances nas costas, saí para perseguir os famosos.

Encontrei Alberto Vázquez Figueroa em uma apresentação e, assim que tive oportunidade, presenteei-o com um dos meus livros e até pedi que fosse com dedicatória, deveria ser eu a comprar o romance dele e tentar conseguir um autógrafo. Aparentemente, tínhamos algumas coisas em comum, não apenas no lado da literatura, mas também no da pesquisa. Alberto trabalha há muitos anos em um projeto de dessalinização que economiza energia e eu, com a Ecofa, em projetos de energias renováveis. Não foi difícil começar uma conversa e conversar até cansar os fãs.

Em outra ocasião, entreguei um manuscrito a Al Gore, desta vez, é claro, traduzido para o inglês. Gaguejei algumas palavras no meu spanglish e não só disse que iria me ler como comentou que tinha ouvido falar de mim e do meu projeto - É incrível os milagres que a internet faz-.

Conversei com Eduardo Mendoza, Lucía Etxebarría, Javier Reverte, Maruja Torres, Lorenzo Silva e muitos outros.

O que aprendi com todos eles é que não há truque além de ler muito e escrever mais.

Meu conselho é trabalhar, escrever sobre o que gosta, se divertir e aproveitar.

E se um dia um jovem com uma mochila e um romance na mão os perseguir, não se assustem, é possível que ele queira presenteá-los com um exemplar.

THE TRAVELING BOOK

FINDING A NEW HOME

HIDING IN PLAIN SIGHT

A NEW CHAPTER BEGINS

Capítulo 3

Coisas que não deves fazer se queres ser escritor...
...O livro viajante

Tenho certeza que todos vocês já ouviram falar do livro viajante. Que lindo, um livro é deixado no lugar mais inesperado: o oco de uma árvore, na parada de metrô ou em uma cabine telefônica. O livro será recolhido por uma pessoa maravilhosa que o lerá com carinho e o colocará em outro lugar, para que o tal manuscrito continue sua jornada. O romance viajará de cidade em cidade, de carro, ônibus, trem, barco ou avião e percorrerá o mundo...

Abro uma nova caixa de livros, esperando esvaziá-la para deixar mais espaço no meu quarto e poder ao menos me sentar. Quatro caixas do meu romance A Relíquia servem de escrivaninha, duas de O Farejador servem de mesinha, outras tantas seguram o colchão, há romances em cima do armário, embaixo das roupas em uma gaveta, atrás das portas da cozinha e da sala. Encho minha mochila até estourar e devido ao peso mal consigo andar. Saio para a rua e começo a inspecionar um lugar para liberar o primeiro. Na parada de ônibus, duas velhas não param de me olhar, abro minha mochila e tiro um exemplar, mas elas me olham feio. Não parecem leitoras... Talvez se fosse uma revista de fofocas ou as memórias da Ana Rosa copiadas por seu amigo escritor...

O ônibus chega, faço-me de desentendido, olho para o outro lado:

- Ei, garoto! Vai subir ou vou embora? - o motorista me grita.

Quando finalmente tenho uma oportunidade, a parada volta a encher. Pensei que seria melhor ir para outro lugar, talvez para o centro da cidade, em Lisboa terei alguma chance.

Subo no trem, ando de uma ponta a outra procurando uma cabine vazia para largar um exemplar. Encontro o lugar ideal e deixo A Relíquia em um assento, depois me afasto quatro ou cinco metros e sento para esperar. Na próxima parada o trem fica lotado, todos olham para o livro, mas ninguém quer tocá-lo. Aparece o típico noia detonado e começa a cantar "O suplício que se tem que aguentar". Ele passa pedindo dinheiro porque precisa se drogar. Assim que vê o livro, se lança como se fosse um tesouro, um iPhone ou um relógio de ouro, coloca embaixo da calça sobre a barriga para que o cinto segure melhor. Desço na próxima estação, saio do Rossio e caminho em direção ao Restauradores. Vejo uma cabine telefônica e de uma vez só largo outro no interior. Ando apressado olhando para trás, mas me assusto com um homem vestido de preto que me persegue, ando mais rápido mas o senhor tenta me alcançar. Na Rua Áurea ou Rua do Ouro, é melhor não parar para conversar... Saio correndo e então o ouço gritar:

- Ei, garoto! Você deixou um livro naquela cabine, esqueceu.

- Não, não, o senhor se engana, não é meu.

Mas o cara não quer calar a boca, insiste e até a polícia se aproxima para ver o que está acontecendo. Diante dos agentes, tenho que admitir que o livro é meu, tenho que agradecer o senhor porque o policial me olha feio e até tenho que abraçá-lo.

Frustrado, desfaço o caminho e desço novamente para a estação, onde encontro o noia, que além de cantor, ator e vendedor. Colocou um cartão no chão com coisas que encontrou pelo caminho e, no centro, como artigo em destaque está o meu romance:

- Quanto custa este livro? - Pergunto ao mendigo.

- Quanto você pode me dar?

- Dez euros?

- É muito pouco para este exemplar. Mas espere um momento, eu te conheço, sim, sim, te vi em algum lugar.

- Não, não acho.

- Você, você é Francisco Angulo, por favor, autografe este exempla
para mim. Escreva: Para meu amigo Blas.

Que emoção senti, ele estava meio chapado, sujo e mal tratado, ma
era meu primeiro fã! Eu também sou pobre e não podia ajudá-lo muito
mas dei os dez euros que tinha, com a condição de que jantasse em algun
bar.

I'm sure you've all heard of the traveling book. How lovely,
you leave a book in the most unsuspected place:

The novel will travel from town to town and from city to city, by car, bus, train,
boat, or plane and the world will traverse...Text

Capítulo 4

Coisas que não deves fazer se queres ser escritor...
...Ninguém é profeta em sua terra

Na quinta-feira passada, fui à apresentação de Albert Espinosa, para falar a verdade sem muita vontade, pois o outono sempre me deprime e ouvir falar sobre câncer não me parecia o mais apropriado. Tenho que dizer que saí de lá bem animado, Albert é um cara sensacional.

Como sempre, cheguei mais de meia hora antes e, como não tinha nada para fazer, fiquei dando uma volta pela sala de exposições do centro cultural Tomás y Valiente. Vi um monte de trípticos culturais, panfletos e marcadores de página da prefeitura, peguei minha mochila e tirei um bloco de marcadores da Companhia No 12. Não gosto desse papo, de dar marcadores para os amigos na esperança de que comprem meu livro. Me lembra os convites de casamento: por que chamam de convites se quem paga é o convidado? Sempre preferi presentear com romances, assim não tem desculpas para não ler do tipo "procurei mas não encontrei", "esse mês estou sem dinheiro", etc. Infelizmente dessa vez foi impossível continuar com a tradição, já que a editora Sharedpen é norte-americana e só pôde me enviar alguns poucos exemplares devido ao alto custo do transporte.

Colocando meus marcadores no balcão, notei um olhar mal-humorado da senhorita da recepção.

- Posso deixar alguns marcadores de página?

- Não senhor, só aceitamos os da prefeitura de Fuenlabrada!

Isso me fez lembrar dos velhos tempos, quando certa vez encontrei o prefeito Manuel. Foi no começo, quando eu carregava minha mochila cheia de romances de A Relíquia. Aproximei-me e presenteei-o com um exemplar.

- Não me diga que você é escritor e de Fuenlabrada? Por favor, autografe para mim, pois sou um voraz leitor...

Ele comentou que eu poderia ter publicado pela prefeitura, que a secretaria de cultura tinha essa missão. O homem, como bom político em campanha eleitoral, mostrou-se muito cordial. Poucos dias depois me ligaram da prefeitura, marcaram uma reunião no gabinete dele. Conversamos bastante, falei do projeto do meu livro Ecofa, parecia muito interessado.

- Esse você vai nos deixar publicar.

Bastava apresentar um rascunho no departamento de cultura que eles cuidariam do resto. Preparei um CD com o livro em PDF e projetei uma capa muito legal, parecendo a capa de um DVD. Dentro estava tudo bem organizado: o texto em PDF, as imagens numeradas e um dossier muito detalhado. Disseram que ligariam, mas se passaram alguns dias, depois algumas semanas e alguns meses, a campanha eleitoral havia terminado e, embora tudo continuasse igual, não recebia nenhum sinal. Liguei e a secretária de cultura nunca podia me atender, estava sempre muito ocupada e não podia me ouvir. Me contaram que tinham roubado o CD, pois a capa era tão bonita que alguém deve ter pensado que era alguma novidade audiovisual. Preparei um novo e mais uma vez passei para que pudessem publicar. Mais uma vez, dias e meses se passaram até que decidi ligar:

- Será que perderam o rascunho ou foi roubado de novo?

Agora, vários meses após as eleições, ninguém me conhecia, parecia que ninguém sabia ou lembrava de nada, até que finalmente conversei com o diretor de cultura:

- Este ano já gastamos o orçamento cultural! Tente novamente no ano que vem...

Que eu tentasse de novo, como se participasse de um sorteio... Desculpe, mas jogo não é comigo!

Na época, foi minha editora que quis publicá-lo, já havia feito várias apresentações e me convidaram para palestras. A que melhor lembro foi a primeira, numa cidadezinho de León chamada Soto de la Vega. Pagaram a viagem e o hotel, me convidaram para almoçar e jantar, toda a cidade se envolveu comigo, me tratavam como uma sumidade. Depois houve muitas outras, não só me convidavam, também me pagavam.

Como diz o ditado, ninguém é profeta em sua terra; mas graças a Deus, viajando um pouco todos conquistamos admiração.

...No one is a prophet in their own land

Nobody talks about my new novel

Capítulo 5

Há poucos dias, pude ler na imprensa uma declaração insólita. A escritora Lucía Etxebarría, vencida pela pirataria:

Não dedicarei mais tempo, não desperdiçarei três anos da minha vida trabalhando em mais livros, que qualquer desalmado pode baixar ilegalmente da internet.

Ainda existe a absurda ideia de que se baixarem mil livros de graça serão mil livros a menos vendidos. Mas isso tem alguma verdade? Já antes da era digital existiam as bibliotecas... Por que os livros eram comprados se qualquer um podia lê-los em uma delas?

Lembro-me bem daquela época, pois não faz tantos anos que os computadores mal se conectavam à rede, servindo apenas para jogar marcianos em um monitor fosforito. Eu escrevia meus romances e, é claro, se queria que alguém os lesse, tinha que imprimi-los em papel. Então começava o calvário, enviar os manuscritos às editoras era um trabalho árduo, lento e muito caro; Também participava de concursos literários, melhor nem falar muito neles, parece que ainda não ouviram falar de PDF, muito menos de livros eletrônicos, e continuam pedindo os romances em duplicado, triplicado e até quadruplicado, é claro em uma só face, com espaço duplo e encadernado: não só custa uma fortuna preparar o envio, principalmente no meu caso, que sou um trabalhador obstinado, tendo apresentado vários livros para alguns concursos; além disso, não tenho nenhuma graça em que para cada participante desses certames se tenha que derrubar uma árvore, cortá-la e triturá-la para convertê-la em papel. Eram tempos difíceis se o que pretendia era ser lido, de uma forma ou de outra dependia do dinheiro, não da dedicação ou do capricho. O mais fácil era se arruinar se alguém quisesse que seu livro chegasse a algum lugar. Foi assim que depois de mais de dez anos enviando meus rascunhos para concursos e editoras, decidi publicar meu primeiro romance por minha conta e risco. Uma pequena editora se encarregou da publicação, financiada, claro, com meu próprio dinheiro. Assim apareceu meu primeiro romance, A Relíquia, "no mercado", sem distribuidora. Passaram-se vários meses e ele não havia saído do depósito. Como a maioria dos escritores iniciantes, agora eu tinha que ser distribuidor e vendedor. Meu sonho de ver meu romance nas prateleiras de El Corte Inglés se esfumou, truncado quando a editora me entregou duas caixas com toda a edição. "Conseguimos que aparecesse na Casa del Libro, embora a publicação me saísse por dez euros a unidade e fosse vendida a dezoito, eu como autor só recebia oito: perdia dois euros para cada livro vendido, então quanto mais livros eram vendidos nas livrarias, mais pobre eu ficava". Mas eu estava disposto a que as pessoas lessem meu romance, então perguntei em uma gráfica e, pedindo um crédito, me endividei até o pescoço. Dessa vez fiz uma boa edição, montes de caixas, milhares de livros agora lotavam minha casa. O primeiro que fiz foi ligar para as bibliotecas, doando para todas elas. Depois sempre carregava uma caixa no porta-malas do carro e meu traje se complementava com uma mochila roxa. Presenteava todo mundo que encontrava, e também consegui ver meu romance nas prateleiras das livrarias e das grandes lojas onde comprava, embora não de forma muito ortodoxa, o que terminei chamando de "aparição milagrosa de livros". Entrava no El Corte Inglés com vários livros escondidos na bolsa transversal e os deixava em um bom lugar, onde todos pudessem ver ao passar. Ver meu romance naquele lugar, cercado pelos mais vendidos, me fazia sonhar...

Foi dessa forma analógica que as pessoas começaram a me ler, não só liam, também me escreviam e até ligavam. Os frequentadores das bibliotecas comentavam sobre meu romance e o recomendavam.

Finalmente havia conseguido que alguém lesse minhas obras. Hoje, graças à internet, todo mundo pode baixar meus romances de graça, não é mais necessário o suporte em papel e também não se arruinar para que possam ler você. São milhares os downloads que todos os dias são feitos de minhas obras graças à internet.

No Google Livros e em muitos outros sites, é possível ler e baixar meus romances de graça.

CLOSE-UP OF LUCÍA ETXEBARRÍA'S FACE, LOOKING DETERMINED, WITH A SLIGHT FROWN AND A FOCUSED
MID-SHOT OF LUCÍA ETXEBARRÍA TYPING ON HER

LUCÍA ETXEBARRÍA IS SEEN FROM BEHIND, LOOKIN
MID-SHOT OF LUCÍA ETXEBARRÍA, LOOKING DIRECTLY AT THE READER, A DETERMINED AND STRONG EXP

I SPENT YEARS TRYING TO GET PUBLISHED
BUT RECEIVED NOTHING BUT REJECTION
UNTIL I TOOK MATTERS INTO MY OWN HANDS
AND FOUND SUCCESS ONLINE

Capítulo 6

Não consigo imaginar nada pior do que ser disléxico se você quer ser escritor. Até as provas de matemática eu era reprovado pelos erros de ortografia. Decidi abandonar os estudos ou melhor, fui obrigado a decidir.

Ainda há quem pense que o que me falta é ler e escrever!

Eu também era da mesma opinião: desde os quinze ou dezesseis anos, todos os dias lia o máximo que podia e também escrevia e resumia. Já escrevi mais de dez livros e ainda assim não sei dizer se nuvem se escreve com b ou v.

Dizem que a maioria das línguas segue os mesmos padrões, pois nossa mente, como a daqueles seres humanos primitivos, relaciona imagens e sons. Primeiro foram desenhos, depois símbolos, palavras e letras. Dessa forma, uma coisa grande, macia e redonda poderia se chamar "BUBU" e uma coisa pontuda com muitas arestas "KIKI", regra geral na maioria das línguas...

Mas o que aconteceu na Espanha: romanos de um lado, vikings do outro e em baixo árabes e africanos; tudo isso interpretado pelos primeiros escribas, monges cristãos.

Total que para o meu cérebro primitivo é impossível achar sentido:

Cor branca, branco se escreve com b. E o que há de mais branco do que a neve? "NIEBE" meu cérebro prefere, além de branca é fofa e macia. Isso é só o começo... Temos vento e vela, um veleiro navegando ao vento "BARCO" barco soa melhor com v.

E é só o conflito entre b e v, depois tem o h, o g ou j, o x...

Além disso, desde os oito anos quando comecei a estudar inglês percebi que algo não funcionava direito: meu cérebro?

Aparentemente, muitas pessoas têm meu mesmo problema: Bil Gates, Tom Cruise, até Barack Obama, e a vida deles não foi tão ruim, é claro que eles não são espanhóis, pois em nosso país não nos teriam deixado passar do ensino fundamental.

Felizmente agora tenho PC e com os gênios do Google até posso escrever num chat, usar o Twitter, Facebook, ter um blog e site. Criei então a associação de escritores analfabetos "Associação de Escritores Analfabetos" e fiquei surpreso ao ver que somos muitos, mais de centenas milhares...

Agora sei que não importa o quanto leia ou escreva, sempre me considerarei analfabeto. Mas não um analfabeto qualquer... Sou escritor!

I can't find the exact word
there are times when everything seems to be in chinese
So my primitive brain cannot make sense of it
I can't imagine anything worse than being dyslexic if you want to be a writer

Capítulo 7

Coisas que não deves fazer se queres ser escritor...
...Se não leres o meu livro, apago-te do Facebook

— Não sabia que eras escritor! - disse-me um dos meus amigos no
Facebook...

Há mais de cinco anos que lhe envio convites para as minhas
apresentações, publico as novidades dos meus livros e até promoções em
vídeo.

- Mas tu sempre confirmas que vais aos meus eventos e curtes todos
os meus textos, fotos e documentos.

- Desculpe, não sabia que tinha escrito um livro...

- Mas já vão dez romances... Pelo menos as capas tens que ter visto!

- Pensei que eram filmes... Eu não gosto de ler...

É de lascar, este gajo segue-me há anos, comenta o estado dele todos
os dias e diz onde está pelo GPS, desde o McDonalds, Burger King ou
um bar, e agora diz que nem leu o meu perfil, onde diz que sou escritor,
ou reparou que segue um blog literário.

Chegados a este ponto, ele diz:

- Por que me adicionaste no Facebook?

- Desculpa, mas foste tu que me seguiste, faz anos que não mando um
convite.

Aliás, a minha caixa de entrada enche com pedidos de amizade,
a maioria de jovens de roupa interior. Não interessa se é o Twitter,
Facebook ou rede profissional. E não pensem mal, refiro-me às
profissionais, de trabalho, empresariais; não às de relacionamentos
sexuais...

Viva a manipulação, estes do Facebook exageram, já nem consigo responder aos amigos que me desejam feliz aniversário: Clico em "Curtir" os comentários e dizem que não tenho permissão suficiente para fazer isso... A era da informação, onde todo mundo pode opinar... Bom, é melhor que a tua opinião seja positiva, senão te marcam como spam e desativam a conta. Não há manipulação maior, nem sistema mais capitalista e fascista do que o aplicado nas redes sociais. Pagando, podes comprar um milhão de seguidores no Twitter ou Facebook, e se és pobre nem consegues agradecer a quem te desejou feliz aniversário.

Isto está chegando ao absurdo total: ter um blog na internet chamado Meus Livros por Francisco Angulo e se publico uma crítica, fecham por spam, só se pode falar sobre o tempo, Mafia Wars, Farmville 1 e 2, e o quão bem canta Lady Gaga.

Às vezes é melhor desligar o computador e sentar-se numa poltrona. Ler um bom livro, como O Farejador, e beber um bom chá ou café.

P.S. Por favor, não me enviem mais pedidos de amizade de perfis falsos com fotos de tops models e parem de encher meu email dizendo que querem me fazer seu herdeiro, já sei que só precisam do número da minha conta para depositar a herança...

I CAN'T DISAPPOINT A FELLOW WRITER...

I HAD NO CHOICE BUT TO CREATE ANOTHER ACCOUNT...
TRUST FADOIK

MANY DIDN'T UNDERSTAND THAT I COULDN'T ADD THEM...

IT WAS NO USE; IN A FEW MONTHS, IT WAS FULL AGAIN...

DON'T WAIT FOR INSPIRATION TO STRIKE.
DON'T TRY TO READ EVERYTHING.
DON'T WAIT FOR THE PERFECT IDEA.
JUST START WRITING.

Capítulo 8

Antigamente, para ser considerado escritor, bastava escrever um conto: Veja a Bíblia...

Mais tarde, à medida que avançava o conhecimento e a cultura, surgiram os escritores de um único livro: desses, temos muitos em nosso país... Há poucos anos começaram com trilogias: para ser escritor, não bastava escrever um romancete, tinha que publicar uma saga de grossos e volumosos tomos. E agora, na era digital, se escreves dez ou vinte romances, o máximo a que podes aspirar é que te chamem de meio escritor...

- Escreviste um livro? Autografa pra mim, por favor!

- Já vão mais de dez. - respondi, enquanto dedicava o exemplar.

Era um conhecido que apareceu numa reunião de família. Às vezes a gente gosta de se gabar um pouco, mesmo que seja presenteando com um livro um parente...

- E sobre o que é a história?

- A Relíquia é o primeiro romance que publiquei, lá em 2006, um conto de aventuras no âmbito da ficção científica, embora também tenha muito humor e algumas histórias de amor...

Comentava o livro enquanto estampava minha assinatura sob uma breve dedicatória.

- Já é um livro antigo, agora escrevo algo melhor, com estilo mais depurado, menos ficção científica e um pouco mais de ação; mas sempre com uma mensagem, acho que o fundamental é ter algo a contar...

Como é habitual, fez-se de ávido leitor. Estes sempre se gabam, finjo acreditar neles. Confio mais na gente que pergunta: quando sai o filme..?

Bem, como diz um amigo meu, neste país todo mundo escreve e ninguém lê.

- Olha, esse meu neto que é meio escritor! - disse minha avó, estragando minha tentativa de causar impressão. Lá se foi minha alegria!

Onde foram parar aqueles tempos em que para ser escritor bastava escrever um conto e ainda por cima te consagravam santo?

I CAN'T BELIEVE HOW MANY BOOKS I HAVE.
I'VE RUN OUT OF SPACE.
I'VE FILLED MY BACKPACK TO THE BRIM.
BUT NO ONE SEEMS INTERESTED IN READING.

Capítulo 9

Coisas que não deves fazer se queres ser escritor...
...AMAZON celeiro de novos escritores

Como a maioria dos jovens escritores, durante anos tentei que alguma grande editora publicasse um dos meus livros. Desesperado e desiludido por receber repetidamente a mesma resposta, um copia e cola sem a menor atenção, tentei me dar a conhecer através da internet.

Os e-books eram algo estranho, um aparelho novo e misterioso, que ninguém sabia direito como fazer funcionar, como ajustar o brilho e o contraste, para não prejudicar a vista...

Aguentei duas horas seguidas lendo naquele aparelho insípido, com uma tela TFT onde só dava para ler em TXT, com uma letra piscando, borrada, difusa e estressante. Depois vieram a tontura, náuseas e vômitos; aquele maldito aparelho devia ser patrocinado pela Óticas San Gabino, Visionlab ou óculos da tia Manuela, quanto mais usa, mais cego fica.

A verdade é que não dava para usar mais de vinte minutos sem conectá-lo à rede, a bateria tinha menos energia que uma pilha de lanterna. Quem iria gastar 600 € num livro desses? Quatro nerds malucos...

Mas aí veio a Amazon, apresentou seu Kindle e ainda podias baixá-lo de graça no PC, tablet e smartphone. Eu há anos colocava meus livros em blogs e sites, mas de pouco adiantava se não tivesse um bom leitor compatível.

As boas lojas de e-books eram da Casa del Libro, Fnac ou El Corte Inglés, e é claro que se não tivesse o respaldo de uma grande editora, não me deixavam entrar. O clube seleto dos grandes literatos e suas célebres obras, legado da humanidade: Harry Potter, O Código Da Vinci e algum outro título de autor espanhol, após trocar o nome por pseudônimo para parecer inglês.

- Se quer vender livros, o primeiro passo é mudar seu nome, ninguém vai comprar um romance de um tal Angulo... - disse-me um editor. É claro que o mandei passear.

Quem diria, aos poucos, cada vez mais leitores de e-books, e eu, sem nada assinado com a Planeta, podia baixar o preço ou até dar de graça se me desse na telha. Da noite para o dia, encontrei-me entre os mais vendidos, no Top 10 da Amazon, e não vão acreditar, agora são as editoras que me escrevem, tentando tirar algum proveito da situação.

- Não, não sou alemão, inglês, americano ou francês, sou daqui, de um bairro pobre de Madrid!

These are new times!
Do it yourself
From the oven to the table
Ebooks are in fashion

40

Capítulo 10

Coisas que não deves fazer se queres ser escritor...
...Confiar nos amigos do Facebook

Devo ser um dos primeiros a ter conta no FB, pensei que ser escritor seria um bom motivo. Em pouco tempo começaram a chegar os pedidos de amizade, escritores, poetas, contistas e editores; não podia dizer não a nenhum...

No primeiro ano já estava com o limite de contatos, cheguei a cinco mil e não podia mais aceitar. O que faço agora? Não posso fazer feio com um colega escritor. Muitos não entendiam que não podia adicioná-los, achavam que era algo pessoal, então não tive outra saída a não ser criar outra conta, o perfil 2, coisa totalmente ilegal segundo o Facebook. Não adiantou nada, em poucos meses também estava lotado e não restou alternativa a não ser abrir mais uma...

Tenho sete contas, no total uns 30.000 contatos e, se faço uma apresentação, mais de mil clicam em Aceitar e Confirmar, mas depois desses mil, não aparecem nem dois.

Todo mundo compartilha a publicidade dos livros deles, e ainda resta algum construtor desavisado querendo promover suas casas; como se já não tivéssemos dívidas suficientes, ainda nos endividar mais. Publico um livro no meu site, no Wattpad, Amazon etc, mando o link de download GRATUITO para todo mundo e escrevo bem grande É GRÁTIS, mesmo assim ninguém baixa.

Então comecei a conversar com um dos ilustres escritores dos milhares que povoam minhas redes sociais.

- O que acha do meu romance Compañía No12? Agradeceria muito se pudesse fazer uma pequena crítica. Boas ou ruins, as opiniões dos outros sempre nos ajudam a melhorar...

- Desculpe, eu sou produtor, não leitor, só escrevo, já tive o suficiente dos livros que me obrigaram a ler no primário. - E ficou por aí.

Já contei que sou de um bairro pobre, não tenho muito dinheiro e ainda por cima sou meio disléxico, não posso comprar muitos livros, embora de vez em quando caia algum, sou mais leitor de biblioteca ou de troca, sempre encontro algum amigo para trocar meus livros. Muitas outras vezes comprei alguns do meu amigo Hugo, livros usados, barraca 17 na Cuesta de Moyano.

Sempre gostei muito de ler e escrever, e é sabido: se queres escrever bem, tens que ler também.

I GO TO SLEEP, HOPING FOR A DREAM THAT WILL

BUT MY DREAMS ARE UNLIKE ANYTHING I'VE EVER

SOMETIMES, MY DREAMS FEELS LIKE A NIGHTMAR

AND WHEN I WAKE UP, THE WORDS FLOW EFFORTL

Capítulo 11

Coisas que não deves fazer se queres ser escritor...
Uma estrutura de carpintaria para sustentar as palavras

Estou há vários meses sem escrever, estou bloqueado, é difícil explicar, uma sensação de angústia como uma queimação insistente me faz sentir sufocado. Dizem que é o pior que pode acontecer a um escritor, nunca me aconteceu, na vida me senti tão desorientado. Levanto da cama com a cabeça fervendo, tudo gira, sento-me diante do computador, mas não consigo continuar escrevendo. Já no começo de junho me sentia cansado, sem vontade de trabalhar, completamente saturado. O verão acabou, veio o outono e no inverno continuo bloqueado. Leio e releio, buscando alguma inspiração mas só vejo o desespero. Ontem à noite: enquanto folheava um livro que me emprestaram, comecei a sentir algo, uma tênue luz se acendeu e do papel começaram a surgir palavras e mais palavras, tinha certeza de estar vendo a estrutura, de ter encontrado um padrão. Seria possível que fosse simplesmente uma ilusão? Com um lápis marquei algumas palavras, sobretudo as que abrem uma frase e as que a fecham, mas também marquei as palavras seguidas por uma vírgula ou qualquer outro sinal de pontuação. Naquele momento tive certeza, não se tratava de passar pelo aro, era mais como seguir uma estrutura, pura carpintaria para costurar a leitura, hipnotizando dessa forma o leitor sem que pudesse desviar o olhar, mantendo-o encantado.

I THOUGHT YOU GUYS WERE MY FR

BUT YOU NEVER EVEN READ MY BO

AND YOU DIDN'T SHOW UP TO MY B(

I GUESS I CAN'T COUNT ON YOU GUYS AFTER ALL
Having friends
on FaceBook
is like having land
on the moon

45

Capítulo 12

Coisas que não deves fazer se queres ser escritor...
...Um Ladrão Culto

Era uma ensolarada manhã de primavera e decidi ir ler no Parque El Retiro em Madrid. Sentei-me em um banco embaixo de uma grande árvore e comecei a ler um dos meus romances favoritos, A Sombra do Vento de Carlos Ruiz Zafón.

Depois de um tempo, levantei e comecei a passear lentamente pela trilha ainda lendo. Estava completamente absorto na história quando de repente um jovem se aproximou por trás, arrancou o livro das minhas mãos e saiu correndo.

"Ei, pare! Devolva isso!" gritei em vão.

Tentei persegui-lo por um quarteirão mas ele era muito rápido. Não podia acreditar que alguém tinha acabado de roubar meu livro em plena luz do dia.

Desapontado, voltei para o parque, balançando a cabeça com o evento bizarro. Quem rouba um romance no meio de um parque? Seria um leitor apaixonado atraído pelo livro? Um ávido colecionador de primeiras edições?

Tive que sorrir ao pensar que pelo menos foi um ladrão culto que apreciava o valor de um bom romance, não apenas minha carteira ou celular. Talvez um dia eu estivesse numa livraria e encontrasse uma cópia surrada e familiar nas prateleiras, levada para lá a fim de ser vendida pelo meu criminoso literário.

Só esperava que ele apreciasse o livro tanto quanto eu e que isso inspirasse nele o amor pela leitura, se não uma lembrança de que roubar está errado, não importa o quão fina seja a literatura. Decidi ver o lado bom - pelo menos graças àquele ladrão, haveria agora mais uma pessoa cativada pela magia dos livros.

AND THE NIGHT GETS MESSIER

UNTIL THE NIGHT TAKES A TURN

Capítulo 13

Coisas que não deves fazer se queres ser escritor...
...Meu amigo mais jovem tem 80 anos

Quando eu tinha 17 anos, fiquei muito interessado em literatura e escrita. Estava ansioso para me conectar com outros escritores, então decidi participar de uma associação literária local que se reunia toda sexta-feira à tarde num café no centro de Madrid.

Estava bastante nervoso quando entrei pela primeira vez no café para a reunião. Procurei pessoas mais ou menos da minha idade, mas para minha surpresa, a pessoa mais jovem ali parecia ter pelo menos 80 anos!

O moderador do grupo, um senhor idoso chamado Eduardo com um impressionante bigode branco, me recebeu calorosamente. "Entre, entre, jovem! Que bom que pôde se juntar a nós."

Os outros escritores se viraram para me olhar, alguns espiando por cima dos óculos, curiosos. Eram uma turma de senhores mais velhos de suéter, suspensórios e chapéus de boina. E as senhoras tinham o cabelo arrumado em coques, seguravam bolsas bordadas e usavam sapatos pretos sensatos. Comecei a me perguntar no que eu havia me metido.

Eduardo me apresentou brevemente ao grupo, depois continuou a reunião. Cada pessoa leu algo que havia escrito, desde poemas e contos até capítulos de romances em andamento.

Quando chegou a minha vez, li um conto curto no qual estava trabalhando, sobre um garoto e suas aventuras num verão. A escrita era amadora, mas eu tinha tentado o meu melhor.

Quando terminei, o grupo bateu palmas educadamente. "Muito imaginativo", disse Eduardo, assentindo.

Uma senhora idosa chamada Isabel se manifestou. "Continue trabalhando nas suas descrições. Você tem talento para contar histórias."

Fiquei tocado com suas gentis palavras. Nas semanas seguintes, quanto mais tempo eu passava com o grupo, mais confortável eu ficava. Embora muitas décadas mais velhos, eles me tratavam como um igual e ofereciam feedback ponderado para ajudar a fortalecer minhas habilidades como escritor.

Eduardo, em particular, me tomou sob sua asa. Conversávamos sobre autores famosos e nossos livros favoritos antes de cada reunião. "Você me lembra de mim mesmo quando era garoto", disse-me com um brilho nos olhos. "Mal conseguia passar um dia sem escrever na minha juventude."

Certa sexta-feira após as críticas, Eduardo me convidou para tomar um café com ele em uma cafeteria próxima. Ele me contou sobre sua vida - como havia escrito profusamente aos 20 e 30 anos enquanto trabalhava num emprego de escritório. Sonhava em se tornar um autor profissional, mas nunca conseguiu.

"Deixei a vida atrapalhar", disse tristemente, olhando para baixo em direção ao café. "Casamento, filhos, trabalho - eles ocupavam todo o meu tempo. Quando vi, já estava aposentado e não havia escrito nada havia mais de 40 anos."

Senti sua amargura e arrependimento. Mas nos últimos meses, ele havia começado a escrever novamente. "É bom finalmente nutrir aquela faísca criativa mais uma vez", disse.

Conversamos por quase duas horas. Senti-me grato por esse escritor experiente ter me tomado sob sua asa e compartilhado sua sabedoria.

No final da conversa, Eduardo deu um tapinha no meu ombro. "Não cometa os mesmos erros que eu", aconselhou. "Aproveite sua paixão pela escrita enquanto é jovem. Não deixe isso escapar de você."

Suas palavras ficaram comigo. Nos anos seguintes, a sociedade literária se tornou uma importante comunidade criativa para mim. Formei amizades próximas com pessoas sete décadas mais velhas do que eu, mas eles nunca agiam de acordo com sua idade. Compartilhávamos nossa paixão por palavras e imaginação, criticando gentilmente o trabalho uns dos outros semana após semana.

Foi com eles que aprendi a não me desanimar com rejeições - Isabel contou como forrou seu escritório com cartas de rejeição antes de finalmente ser publicada. Luis descreveu lutar na Guerra Civil Espanhola e depois escrever poesia durante momentos tranquilos no acampamento. As experiências de vida deles davam ressonância à prosa e poesia que eu esperava emular algum dia.

Embora os membros mudassem com o tempo, continuei na sociedade literária durante meus anos de faculdade. Eduardo continuou me orientando até falecer quando eu tinha 21 anos. Participando do funeral dele, senti o profundo impacto que ele teve em meu caminho na vida.

Naquele dia, Isabel me puxou de lado, enxugando os olhos com um lenço. "Eduardo via você como o neto que nunca teve", me disse. "Continue fazendo-o se orgulhar."

Duas décadas depois, ainda penso em Eduardo e nos outros escritores que receberam de braços abertos um adolescente ambicioso em seu círculo literário de sexta-feira. Eles me ensinaram a levar minha escrita a sério, trabalhar arduamente no meu ofício e nunca perder de vista minha paixão. Sua sabedoria e incentivo me lançaram na jornada para me tornar um autor publicado. Agora, sempre que encontro jovens escritores aspirantes, tento retribuir a gentileza que um dia me foi dada, lembrando dos amigos literários que acreditaram no meu potencial quando eu apenas começava.

AGED BARD, SOUL AFIRE, SPEAKS FROM THE HEART, VOICE A BURNING
ECHOES OF APPLAUSE, A SY

A SINGLE SOUL, LOST IN THE VER
THE POET, A SILENT NOD, ACKNOWLEDGES THE PRAISE, HUMBLED,

A SINGLE SOUL, LOST IN THE VERSE, FINDS SOLACE

THE POET, A SILENT NOD, ACKNOWLEDGES THE PRAIS

Capítulo 14

Coisas que não deves fazer se queres ser escritor...
...Mais uma rodada de cervejas e um refrigerante pro garoto!

Aquela tarde de sexta-feira no café literário com meus colegas escritores estava entre as minhas memórias mais queridas da juventude. À primeira vista, devíamos parecer um grupo bastante estranho - um garoto adolescente sentado à mesa com dignos senhores e senhoras idosos, seus suéteres e óculos contrastando com minha camiseta e jeans.

Quando as reuniões começaram, meus colegas mais velhos mantinham um ar de seriedade formal. Tínhamos discussões intelectuais educadas sobre prosa e poesia enquanto bebericávamos chá ou café. Mas conforme as semanas passavam, outro lado de meus novos amigos começou a emergir.

Começou quando Luis pediu uma Clara. "O quê?", perguntei, intrigado com a palavra em espanhol que não reconheci.

"Ah, é cerveja clara misturada com refrigerante de limão", explicou Eduardo piscando. "Perfeita para dias quentes como este".

Logo os outros também pediram Claras e o ambiente ficou mais descontraído. A conversa divergiu de metáforas e imagens para fofocas e brincadeiras animadas. Piadas foram contadas, segredos revelados, aventuras passadas descritas. A escrita ainda era discutida, mas com menos formalidade e mais vivacidade.

Numa excepcionalmente quente sexta-feira de maio, os pedidos de Clara corriam soltos. Copos vazios eram retirados, imediatamente substituídos por cheios suando gotas de condensação. Eu mantinha meu refrigerante, divertindo-me ao ver meus amigos ficando cada vez mais animados conforme o álcool fluía.

Às oito horas, nosso horário de término habitual, ninguém fez menção de sair. De repente, Luis se levantou na cadeira e anunciou que iria recitar um poema que compusera naquela manhã. O poema era ousado embora engenhoso, salpicado de maliciosos duplos sentidos que fizeram todo mundo gargalhar.

Isabel foi a próxima, pulando em pé na cadeira e cantando uma velha música salsa a plenos pulmões. Ela requebrava os quadris e girava lá em cima, sem errar uma palavra apesar da embriaguez. Todos aplaudimos e assobiamos, confirmando que ela tinha fôlego de uma mulher metade da idade dela.

Não querendo ser superado, Eduardo se levantou para cantar "Volver" em um comovente e trêmulo tenor, trazendo lágrimas aos olhos da metade de nós. Muitos aplausos se seguiram.

Percebi que aqueles não eram os comedidos e recatados pensionistas que inicialmente pareciam ser. Por baixo dos cardigãs e óculos batiam corações de boêmios alegres que haviam publicado poesia, festejado em cabarés e vivido vidas dramáticas na juventude. Sendo escritores, que histórias eles tinham para contar!

O clube ganhou um clima de festival, quase como um show de variedades onde cada membro se apresentava. Habilidades ocultas foram reveladas conforme a noite avançava. Acontece que Luis era um incrível pintor, Isabel podia imitar a voz de qualquer celebridade perfeitamente, e Eduardo havia viajado o mundo trabalhando em navios no começo dos vinte anos.

Por volta da meia-noite, o grupo barulhento gradualmente acalmava. O canto e dança arrefeciam conforme alguns cochilavam e outros se perdiam em quietas reflexões, sorrisos permanecendo nos lábios. Naquela altura, o pessoal da cafeteria nem se incomodava em insinuar que deveríamos ir embora. Apenas nos deixavam ficar o quanto quiséssemos, este excêntrico clã de escritores idosos e seu mascote adolescente.

No metrô a caminho de casa nas primeiras horas da manhã, eu ficava maravilhado com a inesperada dualidade dos membros da minha associação literária. Como eu era sortudo por enxergar além da reservada e erudita fachada que inicialmente apresentavam, para conhecer os espíritos livres e apreciadores da vida dentro deles. Seu entusiasmo pela vida era inspirador.

Nossas reuniões continuavam sendo vibrantes celebrações da palavra escrita misturadas a folia, canção e humor. Conforme fui me sentindo mais à vontade, também participei das palhaçadas, às vezes em pé na cadeira para compartilhar meus poemas tolos ou ler trechos de contos absurdistas que eu havia escrito.

Certa noite, após recitar uma peça satírica e maliciosa que deixou todo mundo rindo, ouvi Eduardo gritar calorosamente do outro lado da mesa: "Mais uma rodada de cervejas claras e um refrigerante pro garoto!"

Embora quatro décadas nos separassem, o vínculo que compartilhávamos transcendia a idade. Éramos almas gêmeas unidas pela paixão pela literatura, criatividade e camaradagem.

UNTIL THE NIGHT TAKES A TURN

MY NOVEL, FINALLY PUBLISHED!

WILL ANYONE ACTUALLY BUY IT?

FIRST SALE!

DREAMS DO COME TRUE!

MY NOVEL, FINALLY PUBLISHED!

WILL ANYONE ACTUALLY BUY IT?

FIRST SALE!

DREAMS DO COME TRUE!

Sobre o autor

F rancisco Angulo de Lafuente é um autor espanhol nascido em Madrid em 1976. Como entusiasta ávido de cinema e literatura de fantasia, Angulo tem sido um fã de longa data de escritores influentes como Isaac Asimov e Stephen King. Essa paixão pela ficção científica e especulativa inspirou Angulo desde cedo a seguir sua própria carreira literária, submetendo contos para concursos e competições.

Com apenas 17 anos, Angulo completou sua primeira grande obra literária - uma coleção de poemas originais. Determinado a ver seus escritos publicados, começou a enviar seu material inédito para diversas editoras espanholas. Longe de se sentir desestimulado pelas respostas majoritariamente negativas das editoras dismissivas no início de sua carreira, Angulo persistiu, inabalável, usando as cartas de rejeição como motivação para continuar aprimorando seu ofício e criando novas obras para enviar.

Em 2006, uma década depois de começar a buscar ativamente publicação, Angulo publicou de forma independente seu romance de estreia "A Relíquia" - um conto de aventura de ficção científica bem recebido pelos leitores e que ajudou a estabelecer a reputação de Angulo como autor emergente. Encorajado por esse primeiro sucesso, prosseguiu lançando projetos mais ambiciosos em diferentes gêneros, cimentando sua versatilidade como escritor.

Em 2008, Angulo publicou o ensaio de não ficção "Ecofa", relatando suas experiências educacionais trabalhando em um projeto de pesquisa inovador focado na geração de biocombustíveis a partir de resíduos orgânicos. Mudando para a ficção em 2009, escreveu "Kira e a

Tempestade de Gelo" - um drama que incorpora elementos de fantasia, mistério e romance. 2010 provou ser um ano particularmente exigente, mas produtivo, para a escrita de Angulo, já que conseguiu completar o livro de ciências "Eco-fuel-FA" inteiramente em inglês, ao lado de várias outras obras literárias em espanhol, incluindo a coletânea de contos "O Melhor de 2009-2010", a novela fantástica "A Lenda de Tarazashi 2009-2010", o romance absurdista "O Farejador 2010", e o thriller romântico "Destino Havana 2011-2012".

Permanecendo prolífico no início dos anos 2010, Angulo continuou lançando novas ficções como o drama distópico "Companhia No 12", o macabro "Lázaro RIP 2013", a história de invasão alienígena "Invasores A Invasão Começou 2014" e o romance de terror "Aberração O Circo dos Horrores 2015". Sua produção também expandiu para incluir mais ficção histórica romântica, como "Um Casamento Cigano e um Funeral Escocês 2016", aventura de guerra com "Fugindo do Inferno 2017" e drama de formação em "Estrelas Fugazes no Céu de Verão 2018". Mostrando notável consistência, Angulo publicou o thriller de espionagem "Comandante Valentina Smirnova" em 2019, marcando mais de uma década de diversificada produtividade literária.

Além de sua carreira como escritor, Angulo contribuiu significativamente com pesquisas na área de ciências ambientais. Como diretor do projeto Ecofa, foi pioneiro no desenvolvimento de um inovador biocombustível de 2a geração derivado de bactérias que podem decompor sustentavelmente resíduos orgânicos. Essa expertise científica se reflete nas notáveis inovações tecnológicas e avanços futuros especulativos mencionados em muitas das obras de ficção científica de Angulo, espelhando como lendários autores como Júlio Verne mesclaram conhecimento tecnológico do mundo real com imaginação.

Agora com mais de uma dúzia de romances abrangendo fantasia, terror, romance, suspense e mais, Francisco Angulo provou ser um autor versátil capaz de cativar leitores através de gêneros. Sua persistência diante das rejeições iniciais e a incansável ética de trabalho que lhe permite produzir múltiplos romances complexos a cada ano mostram a determinação e paixão de Angulo pela narrativa. Combinado com suas realizações científicas, Angulo solidificou sua reputação na Espanha como um contemporâneo homem do Renascimento e visionário especulativo abrindo novos caminhos tanto na literatura quanto na pesquisa ambiental.

Embora Angulo sem dúvida tenha garantido seu lugar entre os grandes da literatura espanhola, seu espírito independente e adesão às tendências digitais emergentes sugerem que sua carreira não convencional e eclética bibliografia continuarão evoluindo em novas direções. Mas seja explorando mundos distantes no futuro ou mergulhando na ficção histórica, a imaginação incrível e ambição de Angulo permanecem constantes. Assim como suas próprias inspirações literárias no início da carreira, a ousada criatividade e curiosidade de Francisco Angulo provêm de possibilidades ilimitadas à medida que avança para o futuro, garantindo seu substancial impacto nas letras espanholas nas próximas décadas.

I COULDN'T BELIEVE IT. SOMEONE ACTUALLY RECOG

THEY ASKED ME FOR MY AUTOGRAPH!

I SIGNED THEIR BOOK WITH A PERSONAL DEDICATIO

THEY THANKED ME AND WALKED AWAY, STILL IN DISB

63

Did you love *Coisas que não Deves Fazer se Queres ser Escritor*? Then you should read *La Reliquia*[1] by Francisco Angulo de Lafuente!

[2]

He aquí una novela imaginativa, en el ámbito de la ciencia ficción, lo heurístico, lo inusual y, sin duda alguna, lo humorístico, rozando en ocasiones el nonsense y el absurdo al estilo Groucho Marx.Pero en esta novela, la primera de Francisco Angulo, hay mucho más. Dentro de esa encrucijada que es la trama, empezando con la mirada de Ojos Castaños, en un lenguaje vivo y directo, incluso destartalado en algunas ocasiones y funcionalmente ambiguo, encontramos entrañables personajes como León el Camionero, enamorado del anís Sanblas, Plano, Cagalubias, Ratón, Elías, María o los misteriosos Jardineros... Pero el verdadero misterio llega al final... En el sorprendente relato que nos ofrece Francisco Angulo encontramos la patente de inventos que podrían revolucionar

---

1. https://books2read.com/u/4A2AgJ

2. https://books2read.com/u/4A2AgJ

nuestro ámbito social, motivo más que suficientes para abrir estas páginas.

Read more at https://twitter.com/Francisco_Ecofa.

Also by Francisco Angulo de Lafuente

Eco-fuel-FA (ECOFA) A viable solution
El Olfateador нюхальщик
Kira y la Tormenta de Hielo
Los Mejores (The Best)
То,что Вы не должны делать ,чтобы стать писателем
⟡⟡⟡⟡⟡⟡⟡⟡ ⟡⟡⟡⟡⟡⟡⟡
Compañía Nº12
Destino La Habana - Destination Havana
EL OLFATEADOR
La leyenda de los Tarazashi
LÁZARO RIP
Estrella fugaces en el cielo de verano
Commander Valentina Smirnova
Escapando del Infierno
Comandante Valentina Smirnova
Freak - El Circo de los Horrores
INVADERS La invasión ha comenzado
The Sniffer
Una boda gitana y un funeral escocés
Freak - The Circus of Horrors
Escaping from Hell
Shooting Stars in the Summer Sky
Cosas que no debes hacer si quieres ser escritor
Destination Havana
The Relic

Invaders the Invasion Has Begun
Lazarus - rip
Kira and the Ice Storm
The Best
The Legend of the Tarazashi
Commandante Valentina Smirnova
La Relique
Dinge die Du nicht tun solltest, wenn Du Schriftsteller werden willst
Eco-fuel-FA (ECOFA) second generation biofuel
El Olfateador
La Reliquia
Lázaro Project
A Gypsy Wedding and a Scottish Funeral
Company N12
◊◊◊◊◊◊
Choses à ne pas Faire si Vous Voulez Devenir Écrivain
Things You Shouldn't Do if You Want to Be a Writer
Coisas que não Deves Fazer se Queres ser Escritor

Watch for more at https://twitter.com/Francisco_Ecofa.

About the Author

Francisco Angulo Madrid, 1976

Enthusiast of fantasy cinema and literature and a lifelong fan of Isaac Asimov and Stephen King, Angulo starts his literary career by submitting short stories to different contests. At 17 he finishes his first book - a collection of poems – and tries to publish it. Far from feeling intimidated by the discouraging responses from publishers, he decides to push ahead and tries even harder.

In 2006 he published his first novel "The Relic", a science fiction tale that was received with very positive reviews. In 2008 he presented "Ecofa" an essay on biofuels, whereAngulorecounts his experiences in the research project he works on. In 2009 he published "Kira and the Ice Storm".A difficultbut very productive year, in2010 he completed "Eco-fuel-FA",a science book in English. He also worked on several literary projects: "The Best of 2009-2010", "The Legend of Tarazashi 2009-2010", "The Sniffer 2010", "Destination Havana 2010-2011" and "Company No.12".

He currently works as director of research at the Ecofa project. Angulo is the developer of the first 2nd generation biofuel obtained from organic waste fed bacteria. He specialises in environmental issues and science-fiction novels.

His expertise in the scientific field is reflected in the innovations and technological advances he talks about in his books, almost prophesying what lies ahead, as Jules Verne didin his time.

Francisco Angulo Madrid-1976

Gran aficionado al cine y a la literatura fantástica, seguidor de Asimov y de Stephen King, Comienza su andadura literaria presentando relatos cortos a diferentes certámenes. A los 17 años termina su primer libro, un poemario que intenta publicar sin éxito. Lejos de amedrentarse ante las respuestas desalentadoras de las editoriales, decide seguir adelante, trabajando con más ahínco.

Read more at https://twitter.com/Francisco_Ecofa.